在宅介護

止められなかった虐待

打擲、足蹴り、私は悪魔だった

藤野絢 著
Fujino Aya

あっぷる出版社

プロローグ

二〇一二年七月二日に三兄藤野湧（ゆたか）は妹絢との二五年を過ごした後、眠るように父母の待つ天へ昇っていった。七二歳だった。

彼は一級一種重度特別身体障碍者だった。生後一歳半で先天性脳性麻痺と診断された。脳障害は彼からほとんどの機能を奪い、食べたものの栄養吸収率は三割程度。そのため極端な痩身で、立つことはできなかった。ただし成長するにつれ独力で工夫したのだろう。腕をうまく使い、櫓を漕ぐようにして自由に移動できるようになった。

両親は、彼の知能程度はおよそ一歳半ぐらいだろうと推測していたが、後年、身のまわりのことへの理解力はほぼ正常に近いことがわかった。会話はできなかったが、「ハイ」「イヤ」などの意思表示や、ごく簡単な言葉と発声による独特の表現で、家族とのコミュニケーションが成り立っていた。

七〇余年前のこと。一歳半を過ぎてもおすわりができない滂を、両親は病院に連れていった。医師は一目見て、脳性麻痺だと診断を下したという。当時は今とは違い、障碍者に対する対応はあまり進んでいなかった。どういう訓練をすればいいか、どの施設にいけばいいかといった助言はなく、医師はただ「どうにもならない」とコメントしただけだった。

いずれにしても、両親はわが子をどこかに預けるという考えは毛頭なかった。父は医師の診断にとくに衝撃を受けることもなかったそうで、「この子の人間離れした愛らしさは脳障害の一環だろうと納得した」と話してくれたことがある。

とにかく輝くばかりの笑顔で、滂は近所でも評判の子どもだったそうだ。母も悲嘆にくれることはなく、滂の存在を誇らしげにしていたと、母の小学校以来の親友が後に教えてくれた。

しかし後年、父は難病に罹り、十年近くの闘病生活の末に七一歳で果ててしまった。そして母も、その五年後に胃癌が判明し、七五歳で父の後を追った。

両親の後を引き継ぐのは自分しかいない。私はそう決心した。

四五歳のときだった。

それまでキャリアウーマンとして仕事に遊びに自由に生きてきた私だったが、仕事を辞めて在宅介護の生活に入り、それは二五年に亘った。その記録を『在宅介護の25年』として上梓したのは、湧を見送ってから二年後のことだ。それは、私自身の次へのステップのつもりだった。本を出すことが、新しい人生に踏み出すきっかけになると思ったのだ。

ところが出版後しばらくして、私の心の中に何か重いものが痞（つか）えてくるようになった。そしてそれがなんなのかに、私は気付いてしまったのだ。

在宅介護の生活がはじまって、私は湧と過ごす二人だけの日々が、なによりも楽しい、桃源郷の如きものだと自身に酔いしれていた。しかし、その年月を振り返ってみたとき、彼に対する愛情の裏にある私の行為の数々が思い出され、愕然とし、たとえようのない罪悪感に苛まれることになったのだ。

「滂はどんなに戸惑い、呆れ、悲観し、怒ったのだろう。どう彼に謝罪すればいいのだろう」

私のしたこと、それは「虐待」だった。

私にとって、滂は兄にあたる。しかし、彼はまるで愛おしい弟のような存在だった。私はたまらなく滂が好きで好きで、可愛くていじらしくて、今でも遺影に写った彼の笑顔に今日一日を生きる勇気をもらっている。愛して愛して愛し尽くしたのだ。それは間違いないと思う。私の八〇年近い人生で、最も心を砕いた存在、それが滂だった。

「在宅介護」は重い責任を求められる仕事である。私は、その責任を嬉々として全うしていたと思い込んでいた。あるいは、思い込むようにしていたのかもしれない。

私はもともと、慎重さよりも直感で突っ走る性格だ。時折にでも立ち止まって反省する姿勢はない。だから、母から預かった三兄の滂という「大切な我が家の宝物」の世話を私なりにやり通したと思い込み、滂への虐待の事実を自分の中で封印してしまっていたのだ。

そのことに気付いてからは、自分とどう向き合えばいいのか、天にいる滂にどうあやまればいいのか悶々とし、いたずらに月日ばかりが過ぎていった。

そんなある日、書棚にあった『子規最後の八年』関川夏央著が目が入った。数年前に購入して手付かずだった一冊だ。同じ頃にドナルド・キーンの『正岡子規』も入手していて、気を紛らわす気持ちでその二冊をほぼ同時進行で読みはじめた。主題は子規の生涯だが、そこには妹である律（りつ）の記述もあった。私はその二冊を何度か読み返してみた。

子規は二八歳で結核を発病し、病状が進行して脊髄カリエスになり、三五歳になる直前に果てた。彼の介護・看病を担ったのが妹の律であった。律と子規、私と滂、兄妹という関係は同じだ。

子規の妹、律の行動を知り、私は自分の中に封印していたなにもかもを、吐露してしまおうと決心した。そうしなければ、自分の人生に幕を下ろすこともできないと考えた。

在宅介護 止められなかった虐待■目次

大伯父正岡子規と藤野家

正岡子規は父方の祖母と従兄妹同士だった。だから私には大伯父に当たる。子規の性格は陽気でユーモアたっぷり・好奇心旺盛・食欲旺盛・創作意欲旺盛・批評精神も旺盛・向学心旺盛・人が好きで、同時に口の悪いことでも知られているが、有名なのはベースボール熱だ。これらは、我が藤野家と共通している。ことに食べることと、批評精神と口の悪さは肩を並べているといってもいいかもしれない。

私の家族は全員が野球好きで、それも熱烈な阪神タイガースファンだった。滂もそうだった。テレビの野球中継がはじまるともう夢中で、ホームランが出たり、好プレーに球場が大歓声に覆われると、彼も独特の表現で盛り上がるのだ。兄たちはそれを見て、「滂、興奮し過ぎだ」とあきれるほどだった。私と二人きりの生活になっても、野球シーズンになると気持ちが弾むのか元気いっぱいになっていた。

子規の野球への情熱は一通りではなかったようで、気の進まない友人でさえ強引に自分のチームに引き入れていたという。迷惑した人もいただろう。大伯父とはいえ、子規について意識したことはあまりなかったが、そういう強引さも藤野家とよく似ている。

子規という人物も面白いが、なにより感銘を受けたのは、律の介護・看病の日々についての記述だった。その過酷さは、私の経験などとは比べものにならないほどだったからだ。

律という女性は終始冷静沈着で、過酷きわまりない看病を淡々とこなしていた。また、彼女は無口でもあった。私は声が大きくて早口でまくし立てるうるさ型で、彼女とはかなり違う。

子規は脊髄カリエスが悪化して背中に「一銭銅貨大の穴」が開いてしまい、そこから大量の膿が出てくる。介護者はその膿を取り除き、汚れた包帯を外して新しいものに取り換えなければならない。それが律の仕事で、その作業は一時間に及ぶ。膿にまみれた包帯を剥がす時の激痛で子規は叫喚し律に悪態をつく。それでも律は感情を乱さず、口答えもせず黙々と段取りよく手当てを済ませていた。そんな妹に対して、子規は「律は強情で気が利かず同感同情のない木石のような女」と書いて鬱憤を晴らしている。

大量の汚れた包帯に加え、下のものも取り換えなければならない。さらに律はそれを毎日、井戸端で洗濯するのだ。洗濯機などない時代のことだから、その手間と労力と時間は相当なものだっただろう。

仕事は他にもたくさんある。食いしん坊の兄のための食事作り、それだけでも手間暇がかかるものだっただろうし、結核菌への消毒対策なども徹底しなければならなかった。

晩年の子規は文字を書く力もなくなってしまったので、律が口述筆記を引き受けていた。家には門下生たちも集まってしばしば句会が開かれた。時には三〇人ほどにもなったという。狭い家での対応はなまじのものでなかっただろう。しかし子規はそういうことにまったく無頓着で、家事など大したことはないと考えていたようだ。明治の男性としては珍しいことではなかったかもしれないが、とにかく折を見ては律をけなしていたらしい。これこそ典型的な女性蔑視だろう。

そんな子規も、子どもの頃は弱虫で腕白坊主たちにからかわれていた。気の強い妹の律は、それを目にするといじめっ子に立ち向かって追い払ったという。明治の男子としては忸怩たるものが子規にもあったのではないだろうか。律に対する子規の行為には首をかしげるが、妹への甘えの感情もあったのかもしれない。いずれにしても、そんな兄と向き合う律の姿勢に、私は神々しさすら感じたのだ。

滂の介護と脱水症状

律に比べて、私の介護はどうだったろう。間違いなく、一〇〇%私の思うがままのペースだった。滂には奇跡的に持病がなく、赤ん坊や幼児の世話とほぼ変わりなかった。つまり身の回りと食事の世話が大半を占めていて、私は母がしていたことを踏襲すればよかった。しかし母も老いてくると、若い頃と違ってだんだん動きが遅くなり、滂の世話も全体にゆっくりになり、同時にそれが彼の生活のリズムにもなっていた。それがあるときからいきなり、介護者が四〇代の働き盛りの妹に取って代わったことで、彼の悲劇がはじまったのだ。

当時、私はそうした生活リズムの変化に思いが至らなかった。もし私がもう少し賢明で謙虚な人間だったら、しばらくは母のリズムに合わせることも考えただろう。結果的に私は、最悪な介護人となってしまったのだ。

私は、滂の介護をはじめる直前まで、猛烈なワーキングウーマンとして、「一日三〇時間」を自負するほどに仕事に没頭していた。そしてそのペースを滂との生活にも持ち込んでしまったのだ。数字で表すことは難しいが、母のペースの三倍から四倍になっていたと思う。滂にとっては、いきなり動きの速い回転木馬に乗せられたようなものだったのかもしれない。

ところが、当初はその新しいリズムが目新しくて面白かったのだろう。元気一杯に私の動きについてきたのだ。それまで時折にしか出かけることがなかった車椅子での散歩が、介護者が私に変わってから毎日になった。滂は食事が終わるとすぐに玄関に移動して車椅子に乗りたいと急かす。雨が降らない限り、近所の栗林を抜けて新小金井街道の桜並木をのんびり四〇分ほど散策する。春には満開の桜の木のトンネルを通り抜ける。散歩に慣れてくると、大型のスーパーマーケットに入って仲良しの野良猫のために缶詰を買う楽しみも覚えたりした。こうしたことは滂にはいい刺激だった。外出することが嬉しくて夢中になっていた。しかしそれは同時に、彼の体力を徐々に奪っていくことにもつながっていた。

私との生活が四年目に入った頃、滂の体調に変化が起こりはじめた。私は、彼がいつもとは違う態度や雰囲気を見せはじめたことに、あまり気を配っていなかった。迂闊だった。

冒頭にも書いたが、滂は極端な痩身だ。つまり、彼の体に蓄積される水分は一般の人より少ない。それを考慮した母は、食事の際、かなりの数の副食と共に数種類の飲み物も準備していた。滂はそれらを満足気に食べ終ると「アハーッ」という表現で、美味しかったと伝えていた。母の料理は玄人はだしだったから、介護を引き受けるに当たって、舌の肥えた滂が果たして私の料理で満足してくれるかどうか、かなり緊張したことを覚えている。

とにかく彼の味覚は鋭い。例えば吸い物などは昆布と鰹節でしっかり出汁を取ったものと、店屋物のそれとは明確に区別した。母はお寿司が好きでちょくちょく出前の握りを取る。そこには吸い物が付いていて、他の家族は「結構美味しいね」と満足していたが、滂は二口三口でもう要らないという表現する。そこで母の作った残り物を試してみると、「ウン、これだ」と言わんばかりに喉を鳴らすのだ。そんな彼の口に合うものを作るのはかなり難しいことだった。

晩年の母は、すでに氷の欠片しか口にできない状態だったが、私の作ったものを必ず試食して「これでは滂は食べない」と言いながら味の調整法を教えてくれた。そのおかげで、滂は私の味付けにもまずまず満足してくれるようになり、母が作ったものと同様に、楽しそうに食べてくれた。

ところが、しばらくすると滂は歯槽膿漏が進み、どんどん歯が抜けてしまい、食事作りに新しい工夫が必要になった。何種類ものスープの素を作り、魚のあらなどでも出汁を取ったり、全体に柔らかくて細かく刻んだものを準備しなければならなくなった。それでも味の質は落とせない。毎日の食事作りにかなりの時間がかかるようになった。その頃に書きためたレシピを、介護の方法も含めて『遺言　介護食メニューと介護マニュアル』という本を出版した。万が一、私に何かが起きて介護ができなくなった場合、誰かに伝えるためだった。

食べたものの三割しか吸収できない彼の食事の中心は、とにかく「たっぷり過ぎるほどの水分」だ。母は、食事の時以外でも、頻繁にお茶、紅茶、牛乳、果物のジュースなどを与えていた。その様子を見ていたので、私も「水分が主軸」を注意事項の一つにしていた。そして、介護がはじまってからは、滂の食の摂取量を克明に記録した。それらを辿ってみると、彼の一日の水分量は二〇〇〇～二五〇〇cc以上とある。しかしその量が四年目から少しずつ減少していたことに、私はまったく気付いていなかった。記録はしていたのだが、比較して確かめるということをしていなかったのだ。滂が珍しくお茶を残しても「もう要らない？」と尋ねるだけで深く考えなかったのだ。

いったいなんのために時間をかけて記録していたのだろう。ほんとうに私は無知な介護人だった。滂の身体が徐々に水分を受け付けなくなっていき、水分不足になり、体内の粘膜が乾いていったのだと私が知るのはずっと後のことだった。

やがて、滂の異常な行動がはじまった。

まず、小水が出にくくなった。尿意を催すのに出ないのだ。気分が悪くなって表情が歪んでいく。私はそんな滂の変化にただ首をかしげることしかできなかった。

次には、盛んに手を口に突っ込みはじめた。今にして思えば、口の中がカラカラに乾き違和感があったのだろうが、その時の私には、なにが起こっているのかまだわからなかった。

続いて、耳や鼻にも指を突っ込むようになった。あまりにも激しいので傷ができ出血するようになった。私は動転するばかりだった。

そしてとうとう身体全体の粘膜が乾いてきたのだろう、滂は声を上げて暴れ、のたうち回りはじめた。大急ぎでかかりつけの医師の往診を受けると、「精神科医の診断が必要だ」と言われた。

私はあれこれ伝手を求めて、最後に教えられたI医師の電話番号を回した。電話口からは、「どうしましたか」と優しい声が返ってきた。I医師は私の長々とした話に耳を傾けてくれ、「それは脱水症状です」とあっさりと診断を下した。続いて「それは老人や脳障害者によくみられる症状です」と、手当の指導もしてくれた。

「湧さんはもう水分を受け付けない状態になっている。まずはスポイトなどで一滴ずつ垂らして口を濡らすところからはじめること。水分への拒絶反応は相当激しいから、押さえつけてでも根気よく水滴を垂らすこと。続けていくうちに次第に体内に水分が浸透していくから、決してあきらめないこと。長くかかるからそのことは心得ておくこと。当座の手当てとしてすぐに点滴をしてもらうように」

私は受話器に何度も何度も頭を下げて、I医師に感謝の気持ちを伝えた。かかりつけの医師がすぐ来てくれて、暴れないようにと点滴の間眠るようにもしてくれた。

そこまで動転するばかりの私だったが、先が見えてきたように思った。そして、目が覚めた滂の上にまたがり、言われたとおり全身を抑えながら、スポイトを口に近づけた。案の定、滂は激しく首を振って叫び声をあげる。それでもあきらめないであちこちに水滴を飛び散らしながら、ようやく一滴が口に入ったときの嬉しさは今も覚えている。

それから、I医師の励ましの言葉を支えに、スポイトの戦いが続いた。要領が少しわかってくると口への命中率も上がってきて、一カ月後には、三〇分ほどかけて、カップ半分ほどをスプーンで口に入れられるようにまでなった。

もちろんこの間、滂は食事ができない状態だった。しばらくは点滴で栄養補給をしてもらい、その水分が少しずつ体内に浸透してきたのだろう。最悪の状態は抜けつつあった。

そんな状態ではあったが、私は滂の毎日の入浴を続けていた。滂が心待ちにしていたからだ。湯気や掛け湯が気持ちよかったのだろう。一日の中でほんのひととき、いつもの滂を目にすることで、私も一息ついていたのだ。

そのうちに、入浴後のジュースも飲むことができるようになった。やがて食事もほんの少しずつだが、口にすることもできるようになった。私も少し安心できるような気がした。しかし、彼の体の中にある嵐は、まだまだ収まっていなかったのだ。

第二ラウンドがはじまった。

体力はそれなりに戻ってきたのか、湧は以前のように介助なしにベッドから降りてくるようになったのだが、ベッドから降りるとカーペットの上でのたうち回るのだ。私が慌てて近づくと、足を引っ掛けたりエプロンにしがみついて放さない。引っ張られて倒れそうになった私は、思わずカッとなり、湧を足蹴りしてしまったのだ。

それが、私の湧に対する虐待のはじまりだった。

虐待

「この子は神の子」と言い続けていた母のことを少し記しておきたい。

彼女は淡路島で生まれ、幼少時代に京都に移り住んだ。高級官吏だった父親のおかげで恵まれた暮らしだったという。ところがその父親が突然勤めを辞めてしまい、一転して暮らしに困窮するようになった。母親が三味線や長唄を教えて家計をやり繰りしていたが、やがて親類から借金をするようになった。そしてその返済のため、娘をその家に送り込んで働かせていた。それが母である。

当時のことを母は「その家には親しくしていた従姉のAちゃんがいて、毎日お供を連れて通学していた。それを見送るのがなんとも惨めでつらかった」と話してくれたことがある。自宅に戻っても陰気な両親と相変わらずの貧困も加わって、もう生きていくのが心底嫌になってしまったという。それで死のうと思い、死に場所を求めて歩いていたら、ふと教会が目に入った。この世の見納めにちょっと覗いてみようと扉を開けたのを機に、母の新しい世界がはじまった。

自死決行寸前のカトリックとの出会いが、母を救ったのだ。以来、彼女は篤い信仰に生き、障碍児の涛を得た時も「この子は神からの授かりものだ」と愛情いっぱいに育んだ。「この子を無事に神の元へ見送ることができるように」と欠かさず祈っていた母に、私は聖母マリアの姿を重ねたこともある。

そんな母が病に倒れ、滂を遺して逝かなければならなくなった時、「毎日あれほど懇願して祈り続けたのに、なにゆえに聞き入れて下さらないのだ」と神に怒り、嘆き、無念のままに息を引き取った姿に、私は「痛々しい」という言葉しか思い浮かばない。

子規の母親は、息子を胸に抱いて見送ったそうだ。それを知って、なお母の無念さが私の胸に突き刺さってくる。その母の宝物である滂を預かった私が、なぜ彼に虐待を繰り返したのだろうか。今も、私が彼にしたことの一つひとつの情景が浮かんでは消え、また浮かんでくる。

滂を足蹴にした後に、私は「ゴメンね」と謝りながらベッドに上げて添い寝をして抱き締めた。滂の身体はピクンピクンと跳ねる。まるで電気ショックを受けているようだった。まだまだ身体中の粘膜が引きつっているのだろう。かわいそうでかわいそうで、彼を強く抱きしめながら私は泣いた。

水分補給は依然として必要な量の半分にもなっていなかったのだろう。「脱水症状」の怖さを心底感じた。とにかく、根気よく滂の身体が水分で満たされるまで水分補給を続けるしかない。「時間がかかるのは覚悟しておくこと」というI医師の言葉で、余計な心配はしなかった。I先生に出会えなかったら私はどうすることもできず、滂は断末魔の苦しみの末果ててしまっていたかもしれない。

秋になり十一月に入ると、脱水症状という悪夢にようやく終息の気配が見えてきた。十七日に、滂は五三歳の誕生日を迎える。しかし、私による虐待は依然として続いたのだ。私は、時折暴れる滂に怒り、打擲（ちょうちゃく）を繰り返すようになった。足蹴りにもした。ある時には強く蹴りすぎて、「肋骨が折れたかも」と青くなったことさえある。

回復の目途が付くまでの数カ月間、滂への虐待は途切れることがなかった。脱水症状の苦しみからという原因はわかっていても、力任せに暴れる滂に怒りが先に立ち、度々手が出てしまうのだ。彼は自分の行動を制御できなくて、そのために不安が募り暴れていたのだろう。そんな自分に向かって、鬼の形相で襲いかかってくる妹を見て、滂はまず笑顔を失くしてしまった。

終日ニコニコと穏やかだった表情が歪んできた。そんな滂を見ていると、私もしかめっ面になる。滂は一層不安になり、突然私の手を渾身の力で引っ張り、私は転びそうになる。また手が出る。助けを求めての行動なのに、自分の感情が先走ってしまうのだ。こうして書いていると、泣きそうな彼の顔がありありと蘇ってくる。私はなんと残酷な介護人だったろう。

脱水症状という滂の病の半年間、彼との格闘で私自身も疲れ果てていた。体の不具合いがあちこちに出てきて、とくに腰痛がひどくなり、病院に行くと「腰椎すべり症」だと診断された。思うように身体が動かなくなることで、精神状態も悪くなるばかりだった。

そんな介護人を前に、滂が自分をコントロールできなくなることは当然のことだったのだろう。今度は自傷行為がはじまった。突如狂ったように手足を荒々しく振り回したり、自分の顔や身体を引っ掻いたりする。私は暴れる彼の手足が悪魔のように見えて、その手足を思い切り叩き続けた。

その時、不意に浮かんできたのが新聞の三面記事だった。新興宗教の教祖が身体に取りついている悪魔を追い出すのだと信者を叩き殺した事件だ。それを思い出して打擲の手が止まった。その時の怯えて青くなった滂の表情は今も記憶から消えない。なのに、その後も私は打擲を繰り返した。やがて滂の表情からすべての笑顔が消えた。私こそが悪魔だった。今思い返しても慄然としてしまう。

無表情になった滂はその後、突然右足が曲がらなくなってベッドに寝たきりになってしまった。加えて不眠症状が彼を衰弱に追い込んでいった。

その頃の滂は、生きる喜びも楽しさも失い、漫然と一日を過ごしていたのだろう。どれだけつらかっただろう……。それでも、鈍感な私は滂との別れが近いことにまるで気が付いていなかったのだ。それどころか私の狂暴はまだ続いていくのだった。

虐待は、最後の数年間が最もひどかった。私は狂ってしまっていた。

我が家では母の意向で、窓を閉め切ることは真冬以外はまずしない。冬になると入浴までは暖房をつけて部屋を暖めておくが、寝るときには暖房は切る。ただし、寝具を十分に暖かくしておく。電気毛布を敷布団の下に当てて間接的な接触にするのだ。これも母の指示だった。こうすると布団全体が穏やかな暖かさになって寝心地がよくなる。滂も入浴後、暖かいベッドに横たわって気分よさそうにしていた。

ところが、最後の数カ月になって、滂はその暖かい布団から両腕を出して胸のところで組むようになった。当然腕も手も氷のように冷たくなっている。驚いた私は「何をしているのよ、手を出したらだめでしょっ」と叱りつけて彼の両腕を布団の中に戻し、暖かくなるまでこすり続けた。ところが私が用を済ませてベッドに戻ると、再び腕を出してしまっているのだ。凍傷になるのではないかと思うほどに冷えきっている。私は「駄目じゃない」と声を荒げて布団の中に腕を戻す。

それでも、少し工夫してみようと、腕に厚手のショールとネルを重ねてぐるぐると巻いてみた。しかしこういうものをあっという間に取り除くのが滂だ。それはここまでの戦いでわかっていたのだが、案の定彼は一分とかからないでそれらを外して放り投げてしまう。そのままにはできないので、私は同じことを繰り返す。イライラは限界に達し、とうとう彼の手をピシピシッと叩き、「今度出したらまた叩くから」と両腕を布団に押し込んだ。滂はまるで挑戦するかのように腕を出す。

私の手はとうとう彼の頬を引っ叩きはじめた。半ば泣きながら、「なんで手を出すのよ、風邪ひいたら大変でしょっ」とわめきながら、私の手は止まらなくなってしまうのだ。情けなさと腹立たしさが入り混じってエスカレートしていく。逃れることができない滂はただ打たれるままで、顔は痛さで歪んできた。もう一度両腕を布団に戻すとさすがにもう再び出すことはなかった。

少ししてからふと見ると、腫れ上がった彼の顔が目に飛び込んできた。「どうしよう……」我に返った私は動転した。大急ぎで冷たいタオルを腫れた頬に当てながら「ゴメンね、ひどいことしちゃったね。でも滂ちゃんが悪いんだよ、何でわざわざ腕を出すのよっ。風邪を引いちゃうんだよっ、凍傷になっちゃうんだよっ」としゃくりあげながら言い訳をした。

同じことはその後も何度か繰り返された。私はその都度狂暴化するのだった。今も滂のはれ上がった顔が目に浮かぶことがある。身の置き所がなくなってしまい、涙ぐんで息ができなくなる。嫌悪感が身体中を覆ってしまう。自分の中にあったあの狂暴性とどう向き合えばよかったのだろう。答えは今も見つからない。

これが虐待の実態だった。

律と子規の日々

正岡子規の妹、律は子規の最期まで感情の乱れを一度も見せなかった。ただ黙々と自分に課せられた義務を果たしたということが、文献からも読み取れる。

子規が感情や感性が豊かで、文芸への才能に溢れていたことは周知である。しかしその感情は激しく、律の冷静沈着な姿にかえって苛立ちを覚えて悪態をつくことが多々あった。ある時など律と母親の手料理の塩加減が強かったらしい。そこで食後に蜜柑が食べたいと言ったが、あいにくそれがなく、母親が「柿ではだめか」と聞いた。すると子規は「柿で喉の渇きが取れるか。蜜柑がなければ買ってくればいい」と言い放った。当時のことで、夜も十時を過ぎて店は閉まっているのに、こうした無理難題を冷たい口調で主張したという。子規の冷酷な性格の一片が表われているエピソードだ。

繰り返しになるが、彼は家事の多忙や介護・看病の大変さなどには無頓着だが、これは明治時代の男子には珍しいことではないのだろう。女性もこうした風潮をごく普通のこととして抵抗なく受け入れていたのかもしれない。

加えて律は、目上としての兄への礼節と敬愛を抱いていたとも述べられている。重い病に侵されながら、俳句への情念を燃やす兄の姿に深い尊敬の念を覚えていたことは、文面からも覗える。

一方、律は結核菌の巣窟と化した子規の看護にあたって、子規直々の指導を得て細心の心がけを実行していた。子規は自らの病についての対応を説明し、事細かに注意事項を記した。要約すると、

一、肺結核は伝染する。
二、まず喀痰の消毒。
三、患者の食器類をはじめとして、寝具衣服など身辺で触れるものや器具などもすべて別にして消毒。
四、消毒は石灰液や煮沸消毒。
五、病室は菌が蔓延しているから窓などを開けて空気を入れ

る。

六、書簡や封筒や切手などを舌で舐めない。

七、人が集まる時には間隔をとること。

二〇二〇年にはじまったコロナ禍に世界中が右往左往させられているが、こうした子規の指示はそのまま現在の私たちにも通じるものだ。

子規の家では人の出入りが頻繁だったにも関わらず、家族も門下生も誰一人感染しなかった。加えて、子規は「何よりも大事なことは滋養食だ」と言い、相当に豊かな食生活を楽しんでいた。美食家でかつ大食漢だった子規だが、結核になってからは抵抗力を得るためにもそうしていたのだろう。子規は元気だった若い頃から食べることが大好きだったとある。仲良しの夏目漱石とも度々蕎麦屋などで食事を楽しんだが、食の細い漱石が食べきれないでいると、それをもらって平らげ、満足気だったという。

子規の食欲は病に倒れ、身動きもできないほどになって、背中の穴の激痛に悶えながらも衰えることはなかった。ご飯は二～三杯お代わりするし、ある時には鰻の蒲焼を七串食べたり、焼鰯を十八尾平らげた時はさすがに本人も驚いたという。果物も大好物で上等の西瓜を十五切れ食べたとある。『仰臥漫録』には各地の門人や読者からも様々な珍味が送られてきて、それらを大喜びで口にしたとある。中には、アメリカからオレンジが届いたともあった。

ともあれ「食べる」ことに集中したからこそ、苦痛によって精神を病むこともなく、最後まで創作意欲を保てたのだろう。
律は子規の死後も細菌恐怖症かと思うほどの潔癖症で、例えばトイレの戸を開けるときにもちり紙で取っ手をくるんでいた。

律とは比べものにはならないけれど、私も母の薫陶を得て、滂の世話には「徹底した清潔」を心がけていた。それは念入りな手洗いからはじまるものだった。コロナ対策として「手洗い」が盛んに奨励されているが、私にはすっかり身に沁みついていることだ。ただしそれは滂への気遣いであって、律のように結核菌防備のためではない。彼女の緊張感がどれほどのものだったか想像を絶する。当時、結核は死の伝染病だったからだ。

一方、子規は病が進んでついに寝たきりになり、耐え難い痛みと、それを抑えるモルヒネの使用も影響したのだろう、彼の感情の起伏は激しさを増し、高浜虚子や河東碧梧桐など、数多の弟子たちを激しい剣幕でなじることが多くなった。そうすることで、自分の苦しみを紛らわせていたのかもしれない。しかし、なじられた弟子たちの子規への印象は、「愛情に欠けた冷たい反理性的な人間」と映っていたようだ。伊藤左千夫が実際に目にした光景として「ごく内輪の集まりでも子規が腹を立てたり叱ったり、泣いたりした」と記している。

私はまるで自分のことを言われているように感じた。子規の冷たいとされた人間性は、容赦ない激痛への阿鼻叫喚だったとも受け止められる。それに対して私のヒステリーは言い訳の利かないエゴイズムでしかなかった。その罪はより深い。

それでも、子規は暖かい思い出として母親とのひとときを書いている。「母に新聞を読んでもらった。振り仮名をたよりにつまずきながら読んでくださるのを我は心を静めてなかば聞かずにうとうととしてしまう。こんなとき、一日中で最も楽しい時である」と。情景が目に浮かぶ。そしてこの優しい母親は息子がことされたとき、かなり強い口調で「もう一度痛いと言うとうみ」(松山の方言で「言ってごらんなさい」という意味)と肩を抱き起こしたという。

滂も、どんなにか母親を慕い続けていたことだろう。改めて彼の心の内を思う。母親に抱かれて最後を迎えた子規。滂の寂しさが今更ながら胸を打つ。

湧とKさん

湧の晩年が寂しいだけのものだったかというと、そうでもない。

Kさんは私が勤めていた会社の同僚だった。偶然に彼女の住む同じ町に私たちが引っ越してきた。お互い数年前に退社していたので、長く会うことがなかったのだが、駅でばったり会ってから急速に親しくなった。そして話が弾む中で、彼女の甥も湧と同じような障碍者だと知った。甥の父親は、「この息子を手元に置いてずっと一緒に暮らせるように」と牧場経営をしていたが、突然癌に襲われて旅立ってしまった。Ｋさんと母親は甥の行く末に心を痛め、許されるならばずっと手元に置きたいと願ったが、叶わなかった。甥の母親は、熟慮の末息子を施設に預けることにしたのだ。Ｋさんは遠く離れた施設で暮らす甥の姿と滂が重なるのか、ちょくちょく滂に会いに来てくれるようになった。滂が、最初から彼女に親しみのある笑顔を見せたのは、何か通じるものがあったのだろう。

Ｋさんは我が家に来ると、ベッドに横たわっている滂としばらく話をする。私はいつも二人から離れて、キッチンでお茶の用意をしていた。とてもいい雰囲気の二人の邪魔をしたくなかったからだ。

二〇一二年六月三〇日土曜日の午後、Kさんから「突然だけど何だか急に会いたくなったので行っていいかしら」と電話があった。その日の二人の話はかなり長かった。時折彼女の笑い声も聞こえて楽しそうな雰囲気だった。

そしてその二日後、滂は旅立って逝った。

なにかが二人を最後に会わせたのだろう。暖かい思い出とともに、Kさんに見送られて滂は天に上ったのだと私は信じている。滂が最後に笑顔を見せたのは妹の私ではなく、Kさんだったのだ。

Kさんは、認知症になった母親を看るために退社して、十五年間を過ごしていた。散歩が大好きという母親を我が家に連れてきてくれたこともある。母親は滂を見て自分の孫を思い出していたのだろうか、ごく自然に滂に声をかけて微笑んでいた。滂も自分の母親の面影を見たのかも知れない。そんなことが二～三度あった。

Kさんは母親を見送ると、間髪入れず目の不自由な人のためのガイドヘルパーのボランティアをはじめた。介護の疲れもまだ残っているだろうにと心配したが、そのボランティアを長く続けていた。

律は、子規が亡くなった後、共立女子職業学校に入り、裁縫技術を身に付けている。心の切り替えが早いのだろう。律は子規の持論である「女子も自活能力を中等以上の教育によって養うべし」に従ったのかもしれない。

卒業後、その学校の事務員になり、それから教員になった。興味深いのは、律が生徒に対して相当厳しく辛辣であったことだ。子規の門下生に対する態度と同じで、案外性格が似ていたのかもしれない。後に律の養子になった正岡忠三郎に対しても、相当口うるさくて厳しかったようだ。忠三郎はそんな養母が苦手で、早々と家を出て京都大学に進学し、卒業後もそのまま阪急に勤めて養母の元へは戻らなかった。

余談だが、忠三郎は当時、四～五年後輩の朝比奈隆（後の交響楽団指揮者）と知己を得て懇意になり、弾けるほどの青春を謳歌したらしい。朝比奈隆の『我が回想』という著書に忠三郎との抱腹絶倒の数々の逸話が披露されている。養母律がこんな二人を目にしていたらどんなにか仰天しただろうと想像すると愉快だ。

しかし考えてみると、Ｋさんと律の、大事な人を見送った後の真剣な生き方に比べて、滂を見送った後の私は、なにひとつ生産的なことをしていないのだ。

よき介護者とは

子規は実に優秀で忠実な介護人に恵まれたものだとしみじみ思う。子規になじられながらも、律は兄の世話・介護を最優先にする日々を積み重ねていった。

子規は自然をこよなく愛した。花を愛で木々の風に揺れる音を楽しみ、鳥の飛来や鳴き声に耳を傾けたり、病床からでもその世界は決して狭くはなかった。妹律は兄がよく眺められるようにと、庭に植える花々や木々の位置に工夫を凝らし、高浜虚子もそんな子規のために病室のガラス戸をすりガラスから透明に変えた。当時ガラスは結構高級品だったから、律が虚子の親切に喜んだことは容易に想像できる。子規の喜びも大層なもので、視界が広がった彼は花を詠む句が増え、机の上の花に視線を注いだ句も数多い。森鴎外はそんな子規の様子を知って葉鶏頭を送ったりもしたと記されている。子規は句のみならずそうした花々のスケッチも沢山描いていて、なかなかの出来栄えだと称賛されている。絵を描くときも寝たままだったというから、器用な人間だったのだろう。

滂も、自然が好きだった。彼にとっても、自然が一種の栄養源になっていたと私は考えている。母もそのことを心得ていて、とにかくまずは家の中でも太陽が当たる場所を作って滂の常駐場所としていた。滂はしばしば日中もベッドに横になることがあったが、そのためにベッドを日差しが当たる位置に移動させた。また、晴れた日には必ず彼の寝具一式を干して、太陽の温かさによって湿気を払っていた。

こうした母の心配りは私もそのまま受け継いで、滂の介護をしていたときももちろん、独りになった今も晴れた日には自分の寝具を全部干している。それは私の基礎栄養の一つになっていると感じている。母はまた、滂が寝ていても外がよく見えるように気配りを欠かさなかった。ベランダに洗濯物を干すときも、滂の視界を妨げないように細心の注意を払っていた。

子規は猫好きで、たくさんの猫の句を詠んでいる。松山の子規記念館に行ったとき、偶然「子規の猫の句」特集の展示を目にしたことがある。

滂も猫が大好きだった。母が病に倒れ、リビングに寝具を敷いて寝ていたころ、白い野良猫が濡れ縁に現れるようになった。私が段ボールを置くとすっぽりそこに入ってじっとしている。それを見た滂は大喜びして、窓越しに「ニャーニャー」と鳴き真似をする。すると白猫も「ニャー」と一鳴きして返事をするのだ。母は「えらい仲良しやね」と笑っていた。

この光景には、なにか特別な意味があったのではないかと思う。というのは、母が亡くなった後、白い猫は数日ほどで姿を見せなくなってそれっきりだったのだ。滂が寂しくするかと思ったがそれほどでもなく、狭い庭の真ん中を横切っていく黒やまだらな猫を見つけると、「ニャーニャー」と私に教えてくれたりしていた。あの白猫は、母の見舞いに来てくれていたのだろう。

子規の猫の句はどれもユーモアあふれるものだったが、二万句にも及ぶ中でもたくさんの面白い句を詠んでいて、天野祐吉はそれらを選び出し、『笑う子規』という子規句集の本を出している。その中で天野氏は「凄まじい痛みにさいなまれながらもこれらの句には『明るい子規さん』『笑う子規さん』が遊んでいる」と解説している。ユーモアのみならず、この句集には子規の口の悪さを句にしたものもあって、中でも私が読むたびに笑い転げるのは「渋柿は馬鹿の薬になるまいか」だ。なんでも弟子の露月をからかった句だそうだ。ひどいなぁと思いながらもやっぱりおかしくて吹き出してしまう。

この句をみると、時折、滂が明らかに私を軽蔑するような目つきや表情をしていたことを思いだす。そんな時の滂は明らかに「兄」の表情になっていた。私はむしろ、見下してくる滂が好きだった。妹気分を満喫することができたからだ。

時々思うのは、滂が健常者だったら、彼も文科系に優れた才能を開花させたのではないだろうか、ということだ。文芸の道に進んだかどうかはわからないが、私の記憶にいつまでも残っているのは、一度だけ父が呟いた言葉だ。父が滂の世話をしながら「滂がまともだったら、きっとオレの後を継いだだろうな」と言ったのだ。滂の鋭い感性が人並外れていることを再認識した時の感想だったのだろう。父のそういう言葉は二度と聞くことがなかった。ただし父は、文学者ではなくて哲学者だった。

母だけではなく、父にとっても滂は大切で優秀な我が子だったのだ。私の虐待を知ったら、父はどんなに怒り、私を非難するだろうか。私は永遠に両親に顔向けができない。

私は父とは折り合いが悪かった。おそらくどこかで、兄たちと娘への冷徹さに嫌悪感を抱いていたのだろう。ことに中学・高校の頃が最悪の状態で、母はしきりと神父に相談したりしていた。父は娘がことあるごとに口答えをして親を小ばかにしたような態度をとることに堪忍袋の緒が切れたのだろう、二度三度と激しく引っ叩かれたこともある。そんなときの、母の「謝りなさい」の声に一層悔しさが増して、私は家を飛び出してしまうのだった。一人娘の私は、二人の兄よりも父に歯向かっていた。兄たちは触らぬ神にたたりなしという感じで、引っ叩かれた私を冷笑していたことを記憶している。その時の痛さから滂が叩かれた時の苦痛は容易に想像できたはずなのに、私はなぜ彼に手を上げたのだろうか。よく我が子をいじめる親が「自分が親からされたことをやってしまった」と吐露する。その時の、惨めで身の置きどころのない親の辛さは、私も同じだと呟くことがある。

三面記事に見る悲劇

私は今、新聞の三面記事などで報道される幼児虐待事件や老々介護の悲劇の詳細を読むことができない。身の毛がよだち、まさに他人事とは思えないからだ。抵抗する力も術も持たない幼子の心中を推し測ると滂の姿が浮かび、家事の手が止まってうなだれてしまう。それでも、犠牲になった子供の周囲の大人たちの反応や行動を知ると、助けるべき存在のその子を見過ごしたり、保護することを放棄したりした関係者に怒りをぶつけたくなるのだ。

「何のための児童相談所なのか、何故身を挺してでもその子を守ろうとはしなかったのか」と問い詰めたくなる。

でも、我が身を振り返れば、そんなことは言える立場ではない。

ある老々介護の悲劇を知ったときには私は涙が止まらなかった。

七〇代の主婦が、病身の夫と介護が必要になった夫の両親を殺めてしまった事件だ。彼女のつらさ、寂しさ、疲労困憊、絶望感に共感したのだ。体力と心の限界を超えてしまった挙句の行動だったのだろう。地の果てまで追い詰められてしまった彼女に寄り添いたいとさえ思った。一歩間違えば、私も同じ結果を生んでいたかも知れないからだ。

子どもへの虐待には育児放棄もあるしネグレクトもある。そこに「愛」は存在しない。しかしこの主婦は少なくとも夫には「愛情」があったのではないだろうか。ところが、彼の両親も介護の対象に加わった段階で、彼女は正常な判断ができなくなっていったのではないだろうか。どう考えても、彼女一人で三人の世話は不可能だったのだ。私は、おとなしくて無抵抗な兄一人の介護でさえも、次々に降りかかってくる問題に耐えきることができなかった。

「介護」、ことに「老々介護」は、星の数ほどの悩みや絶望に陥ってしまうものだと思う。これは経験したものではないとわからないだろう。

この主婦は、最初は自分が責任をもって三人の世話をしなければと決心したのだろう。介護をはじめるときには多くの人がそう思うものだ。私もそうだった。しかし、老老介護に加えての多重介護、この主婦の苛酷さは想像を絶する。

七〇代の女性が、成人の体格をもつ三人の身の回りの世話をする様子を想像してほしい。例えば着替え一つでも息が切れる。それが一人でも大仕事なのに、三人を受けもたなければならなくなった彼女に、やがて限界が来ることは明らかだっただろう。

私の場合は、湧が脳障害からくる痩身で体重は二〇キロそこそこだったから、四〇代だったころは負担に覚えることはほとんどなかった。しかし私自身が還暦を過ぎると、次第にその二〇キロが重たくなってきたのだ。

仮にこの主婦が大柄で体格がよかったとしても、そういう問題ではない。連日の作業はもとより無理だったのだ。

そしてとうとう三人に手を下してしまったとき、それはもともとの彼女ではなく、もう一人の彼女が起こした行動だったのではないだろうか。私自身、滂を打擲していた時、別の人格になっていたと思う。実際、自分の中にジキルとハイドの二つの人格の存在を意識していた。虐待をしているとき、私は神ではなく悪魔の存在に引きずられていたのだ。

あるいは、間が悪ければ滂も命を落としていたかも知れないと思うこともある。殺人事件で逮捕された七〇代の主婦の姿は、私自身のことだったのかもしれない。

介護人が相手の息の根を止めてしまった事件を目にすると、私はいつも、加害者のことをおもんばかってしまう。息子が母親を殺めたり、逆に母親が息子や娘の、夫が妻を、妻が夫を殺めてしまった例も多々ある。彼らがどれほどの苦しみと辛さに耐えかねて罪を犯してしまったのか。そう考えるたびに、身の置き所がなくなるまでに私自身が追い詰められてしまう。

これは日本に限らず世界中の問題でもある。北欧などではかなり以前から「介護」のテーマに取り組んでおり、日本に比べれば態勢が整っているように見えるが、日本でまず目につくのは、「家庭内のことは家庭内でなんとかする」という傾向が強くて、第三者に相談するという手段に迷いがあるのではないかということだ。

欧米では、早くから個人の問題をオープンにして、社会的援助を模索することに躊躇しない。その結果、日本で起こるような悲劇は比較的少ないのではないかと想像している。日本ではまだまだ介護者が公的支援を積極的に求めていないのではないだろうか。

その典型だと胸が痛んだのは、家庭内暴力をエスカレートさせる息子を父親が死に追いやった事件だ。この父親は社会的に高い地位にあったためなのか、最後まで自分で解決しようしたという。矜持がもたらした悲劇だったともいえる。

日本も今は社会の理解がだんだん進んでいて、最善策を一緒に考えてくれるようにはなってきている。社会に生きる私たちも、お互いを理解し、お互いに支え合う心を持つこと、なにができるか一緒に考えていく方法を探ることを、もっとアピールしてもいいのではないだろうか。

私自身を振り返ってみると、当初は「滂の世話は独力で全うするのだ」と意気込んでいた。しかし、いざ介護をはじめてすぐに、それは無理だと知ることになった。ほんとうに二人きりでは、日々の生活がそもそも成り立たないのだ。

まず、一日中家にいるわけにはいかない。買い物など外出の用事もたくさんある。そのたびに滂一人を置いていくことはそもそもできない。私は公的支援を求めることにして、ヘルパー派遣を申し込んだ。そして外の用件をすべて託すことにした。

ヘルパーさんを頼んだもう一つの目的は、滂の社会的孤立を避けることだった。私と二人だけで生活を続けることはあり得ないし、滂は人と交わることが大好きで、ヘルパーさんたちの出入りを目にするだけでも楽しそうだったからだ。だから私は、外出の用事以外にも三つのことをヘルパーさん二人に依頼することにした。

一つ目は、週に二回の買い物をお願いするのだが、その前にまず滂用の特性ジュースを作って、それを飲ませてもらうこと。

二つ目は、そのヘルパーさんに、午後にも来てもらい、干してある滂の寝具を取り込んでのベッドメイキングと、滂の洗濯ものも取り込んで畳んでもらうこと。

三つ目は、もう一人のヘルパーさんに、週に一度の入浴ヘルプを依頼したことだ。

入浴そのものは私が担うが、その準備と入浴後の滂の世話と後片付けを頼んだのだ。これは本当に助かった。入浴そのものはせいぜい十五分から二〇分だが、その前後に結構時間がかかる。滂も二人のヘルパーさんの訪問を心待ちにして、どちらの人も気に入っていたようで、彼女たちとの交流に満ち足りた表情を見せていた。ことに後半になってからは、突然ヒステリーを起こす妹への警戒心をひととき緩めることもできていたように思う。

私も、ヘルパーさんの訪問日は心のゆとりを感じることができた。言い換えれば、滂だけではなく、私自身の孤独感が薄らぐ機会でもあったのだ。介護とはそういうものなのだ。だから、介護者は極力孤独感に陥ることがないように心がける必要があると思う。老々介護の悲劇にしても、生きる難しさは被害者も加害者も同じではないだろうか。日常生活の中で小さな問題が少しずつ大きく深刻になっていることを、うっかり見落としてしまうことが怖いのだ。

人の手にすがって生きる者にとって、介護人の体力の有無は実に重要だ。律に対して悪態をつく子規も、「もし律が病気になれば一家はにっちもさっちもいかなくなる。だから律が病気になるよりは自分が先に死ぬことが本望だ」と洩らしている。とはいえ、関川夏央もドナルド・キーンも「律がいたからこそ子規の寿命は二年も三年も延びたのだ」と書いている。

滂も、還暦を過ぎた妹の体力が減少していくことを察知して、真剣に自らの保身を考えたのではないだろうか。

母は生前、「滂は動物的本能で自己防衛には長けていて、自ら危険を冒すことはない。だから彼になにかが起きたときは、完全に周囲の者たちの責任だ」と言い切っていた。その通りならば、彼が最後の数年間に見せた変化は、自分の環境が覚束なくなってきたことを的確に察知していたからではないだろうか。

そして、妹が青息吐息になっていく姿を目にして「このあたりで我が身も終焉なのだ」と見通したのではないだろうか。

私が鮮明に記憶しているのは、虐待によって笑顔を失くしてしまった滂が、最後の三カ月頃に突然、終日満面の笑みを見せてくれたことだ。私は驚いたが、同時にそれが私への笑顔だと思いこんで無性に嬉しくなり、「どうしたの？　何か嬉しいことがあるの？」と声をかけた。しかしその返事はないまま、しばらくした夏の夜に、彼はスッと天に昇ってしまった。滂は、長かった不眠症から解放され、見るからに気持ちよさそうに、静かに深い永遠の眠りに落ちて逝ったのだ。

しかし、あの笑顔は何だったのだろう。それは私へのものではなかったのだろう。きっと、ようやく母に会える日が近づいてきたことへの喜びの破顔だったのだと確信している。滂は実に二五年間、母に会える日を待ち続けていたのだ。打擲を繰り返した妹からやっと逃れることができる喜びだったのだ。あんな素晴らしい笑顔を、こんな妹に遺してくれたわけではなかったのだ。

キリストの存在

二五年の介護で、滂が神に守られていると感じたことが三度あった。

一度目は一九九五年一月十七日の阪神淡路大震災を逃れたことだ。

その九年前まで、滂と母は兵庫県西宮市に住んでいた。ある日唐突に、母は東京へ転居することにしたから家を探すようにと知らせてきた。私は最初は信じられなかった。ずっと住んでいた関西で空襲によって焼け出されてしまい、その後は岐阜や名古屋を渡り歩いた母にとって、関西はようやく戻ることが叶った故郷だった。どうして母が心変わりしたのか、皆目見当がつかなかったが、一九八六年十一月にここ武蔵小金井に滂を連れて越してきた。そしてこれで自分の役目は終わったという感じであくる年の秋に、滂を遺して父の元へ旅立っていった。

母を見送ってからも、私は依然として彼女の心変わりの理由がわからないままだったが、阪神淡路大震災のことだったのだ。彼女は何か得体の知れない大きな存在に「関西を離れろ」と背中を押されたのだ。それは彼女の篤い信仰に応えた神の指示だったのではないだろうか。

母が近所の人に「関東へ引っ越す」と伝えると、全員が異口同音の大反対をしたという。「大地震が来ると言われている東京に滂ちゃんを連れていくなんてとんでもない」と。

大震災の朝、テレビを点けた時、一瞬戦争時のフィルムかと思った。神戸の街が破壊されて燃えていたのだ。私はそれを見た瞬間、「そうだ、これだったのだ。母が神から知らされていたのはこの大地震だったのだ」と理解した。と同時に身体が震えた。凍てつく街にあふれる人々、公民館に避難している人々が映し出されている。「あそこに滂もいたかも知れない」。私は口を押えてしゃくりあげていた。母は自分の命と引き換えに、滂を安全な場所に連れてきたのだ。

そんなことを滂に話しかけていると、彼もテレビを食い入るように見つめていた。

以後、毎年この日がくると、私は被災者に思いを馳せる。そして、母と滂がこの災難を逃れたことに安堵すると同時に、複雑な感情になって動揺したまま終日落ち込んでしまうのだ。二〇一一年に東北に起きた大震災のときも、他人事とは考えられなくて終日涙ぐんだ。二〇一三年と二〇一九年に、現地に出向いて三陸海岸を見て回ったりもした。遅々として進まない復興状況に腹立たしさを覚えたりもした。

母の関西を離れた行為に、私は、「母と滂はまさにノアの方舟に乗ったのだ」と、この奇跡にたびたび深い感動を覚えていた。このころは、まだ私と滂はいい関係で日々を過ごしていた。虐待などもちろんしていなかった頃だ。

しかし今、ふと思いがけないことが脳裏をかすめる。「滂は母と共にずっと関西に住み続けてあの大震災で果ててしまったほうがよかったのではないか」と。彼が、まさか妹からとんでもない肉体的な苦しみや痛みを受けるとは、想像だにしなかっただろうからだ。

二つ目の奇跡は、脱水症状だと教えてくれた精神科のI医師だ。今もあの優しい対応を思い出すと胸が熱くなる。突然電話をしてきた見ず知らずの人間が矢継ぎ早に窮状を訴えるのを、あんなにも暖かく耳を傾けてくれて、即座に診断を下し処置方法を指示してくれたI医師は、パニックを起こしていた私と湧にとって、まぎれもなく救い主だった。I医師のことを思うと、弟子に教えを説くキリストの姿が浮かんでくる。湧は確かに守られていたのだ。

三つ目の奇跡は滂の旅立ちだった。彼が至福の表情で永久の眠りに落ちるのを見ながら、私は「これは奇跡だ。キリストは私の毎日の祈りに応えてくれたのだ」と悲しみよりも感激で半ば興奮状態になった。その場に居合わせた医局のスタッフが怪訝な目で私を見つめていたこともまだ記憶に新しい。滂の最期の姿こそ、私が欠かさず祈り続けたことそのものだったからだ。

しかし卑怯にも私は、時折「もう少し早く滂を天に上げてくれたなら」と自分のしてきたことを消したいという考えが頭をかすめる。滂は最後には救われたが、私はこれからも悔みと苦しみに苛まれたまま生き続けなければならない。もちろんそれは、私自身が覚悟しなければならないことだ。

あるとき、興味深い映画を観た。パウロが、キリストが救い主となってこの世に現れたことをまだ知らず、あらゆる手段でキリスト教信者の迫害を続けていた。そうすることが、彼が信ずる神への忠誠だと信じ込んでいたからだ。ところが突然彼の目が見えなくなってしまった。その時キリストがパウロに声をかけて、目は再び見えるようになった。

この奇跡によってパウロはキリストが救い主だと信じ、奇跡への感激と感謝から生涯キリストに従うことを決めた。その時キリストはパウロに言った。「お前は生きている限り様々な艱難辛苦に追われる日々を過ごすことになるだろう」と。パウロは、自分がしてきたことへの代償だと理解した。

私もパウロと同じ道を進むことになると感じたのだ。パウロは約束通り生涯をかけてキリストの教えを伝えることに心血を注いだ。しかしキリストの言葉通り、彼は行く先々で拒否され、迫害を受け、牢獄に繋がれた挙句に果ててしまった。

それでも、パウロは各地にキリストについての膨大な書簡を遺し、それはキリスト教の基本となった。そして、かつての数々の迫害の罪への償いは果たされて「聖パウロ」となったと、私は受けとめている。

しかし私は、いまだなにひとつ償いをしていないから、神の赦しを得ることはない。

カトリックでは、心から回心すればすべての罪は赦されるとある。多くの人がこのことに救いを感じて信仰の道を進んでいる。

洗礼の時には「あなたの今までの罪はすべて赦されました」との言葉があると知った。

私は幼児洗礼といって、信者だった母が教会で洗礼を施してもらったから、生まれながらにキリストの下に生きていることになる。私はそれを空気と同様に受け止めていて、日ごろ意識することはあまりない。しかし、なくては生きていけないものになっている。

幼少の頃にカトリックに学んだことで印象に残っているのは「神は厳格な存在」という言葉だ。だから、日常生活においても母の「そんなことは神様が許しませんよ」などと注意されると、神の存在に緊張感が生まれ、背筋がピンと伸びたものだ。

現在では、「神は限りなく優しくすべてを愛で包んでくれる存在」となっている。総本山のバチカン会議で「神は限りない愛の存在」となり、「厳格」という文字はなくなっている。それでも私には、依然として厳格な神が私を見ているという感覚がある。

旧約聖書以来、神そのものはなんら変わってはおらず、我々人間の「神」の受け止め方が変容しているのだと私は考えている。神そのものは同じなのに、ユダヤ教とイスラム教とキリスト教の三つの枝に分かれてしまったこともそれを証明している。

分裂の元になったといわれるキリストの誕生と復活を、私は事実だと堅く信じている。だから、滂がキリストの庇護のもとで安らかな霊魂になっていることも疑わない。だからこそ自分の犯した虐待の罪は一生消えることはない。「完全に赦される」ということは私にはないのだと、自分に言い聞かせている。

追い詰められて

一人になって、涝への虐待の罪の深さを抱えたまま、その贖罪もせず私は今日まで生きてきてしまった。Kさんのようにボランティアをする意思もないし仕事を探すこともなく、どんどん意欲が消滅していくばかりだ。当初は「涝のことを書きあげたらなにかをはじめよう」と考えてもいたのだが、私自身が大病を患ったことで、体力に一層自信がなくなり、甘えも大きくなった。「なんとかなるさ」という投げやりな気持ちも大きくなった。気が付けば生きるための貯えも底を尽きかけている。

私は「宵越しの銭は持たない」の典型で、貯蓄ということを真面目に考えたことがない。貧しい家庭に育ったのだから、人よりも蓄財を心がけるべきなのに、なぜか全くそういうことを考えたことがなかったのだ。これは多分に母親の影響があると思う。もちろん責任転嫁であることはわかっている。

乏しい給料の中で、母の家計のやり繰りはまるで手品のように摩訶不思議だった。当時の公務員の給料は月に二回に分けて支給されていて、その額も一般の企業より低かったから、母は年中「次の支給日が待たれる」と呟いたり、時には親しい人に借りに行ったりもしていた。それなのに傍からは「お宅のお母さんは水道をひねればお金が出てくる印象ね」で、暮らしぶりが派手に見えていたらしい。今考えれば、食事の実態も身分不相応だったはずだ。エンゲル係数は抜きんでて高かったと思う。大食漢の子規の家もおそらくそうだっただろう。

正岡家からは親類の家々にしばしば借金の申し出の手紙が子規自身の筆で届いていたらしい。そんなある日、受け取ったその家では「また金の話だ。結核がうつるといけないから」とその手紙は燃やしてしまった。つい数年前に、存命だった九〇代の叔母がその話をしてくれて「勿体ないことしたよね。なんとか鑑定団に出したらいい金額が出たかもしれないのにね」と大笑いしたことがある。

私の場合は、滂がいた時には特別障碍者などの手当てがあって、二人の暮らしはそれで賄うことができていた。その時も、貯金の意識は薄く、ほとんど使い切っていた。そして彼がいなくなると同時に収入はゼロになり、今はわずかに自分の年金のみだ。

しかしそんな中、私自身が思いも寄らぬ大病に罹っていたことが判明したのだ。私の心臓の血管はボロボロで今にも千切れそうになっていた。滂が逝く前の最後の数年間、夜になると身体が動かなくなったのはこれが原因だったのだ。

医者の説明を聞きながら、今更ながら滂の鋭い感覚が超人的な保身を可能にしていたことに敬意すら覚えた。母が言っていた通り、彼は自分の介護者が危険な状態になっていることを察知したのだろう。あの突然の別れは彼の逃避だったのだ。自分の身を自分で守り通したのだ。あるいは神が、大切な我が子を現世から天に救い上げたのだ。

遺された私は、大病をしてから捨て鉢な考えも芽生え、「もう普通の身体ではないから」と居直った。高校卒業後、ずっとなんらかの仕事に就いて四五歳まで熱心に働き、その後二五年にわたって在宅介護を続けた。だから、なにもしないという生活はまったく初めてだった。無意味な日々の積み重ねだ。そのことに気が付いてからもう八年が過ぎてしまった。稼ぎのない暮らしが窮乏に陥るのは当然だ。それでも私は確信に近い感覚で「母と同じ七五歳でこの世を終えることができる」と決めていたので、先のことを深く考えなかった。なぜならば、湧のいないこの世界に自分が存在する理由はもはやどこにもないし、なによりも、母より長く生きることは「もっと生きて湧といたい」と渇望していた彼女に申し訳ないという気持ちがある。一日も早く彼女に会って、私の非道を謝りたい。彼女は決して娘を赦さないだろうが、それも受け入れるしかない。

そんなことを考えていると、全身にやるせない寂寥感と孤独感が覆いかぶさってくる。それでも一日が明け夕暮れとなりベッドにもぐりこむ。

思いやりと赦し

朝になって目が覚めると、「まだ生きている……」と重い気分で着替えて階下に降りる。母の寝室だった和室には祭壇があり、滂を中心に両脇に両親、その下に兄二人の遺影が並んでいる。私は毎朝毎夕その前に座って祈りを捧げる。

滂への虐待を詫びる惨めな思いとともに、神にキリストに、そして両親にも詫び続ける。それなのに、滂は別の世界にいても常に私とともにいて、虐待への恨みもないかのように臨機応変に私を守ってくれている。私の暮らしを湧が見守ってくれている感覚がいつもある。そんな暮らしを続けている。

それは在宅介護が終わって、二十数年ぶりの外出からはじまった。

長年、外の用事はヘルパーに頼んでいたので、まず社会復帰に戸惑った。外出のたびに失敗ばかりが続く。買い物を済ませた後に、気持ちが焦ってバッグにきちんと財布を入れないまま慌ててバスに乗ったらしい。終点で降りてふとバッグが軽いのに気が付いたら財布がないのだ。すぐにバスの座席だと思ってまだ止まっているバスの運転手に「財布を落としたと思うのですが」と問うと、彼はぶっきらぼうに「そんなものはない」と言い捨てて発車してしまった。心臓が止まりそうになった。カードも保険証も何もかも財布に入れてあったのだ。

夢中でバス会社に電話をして「確かにバスの中に忘れたのだ」と主張し、必ず調べて欲しいと頼み込んだ。そしてすぐにカードの差し止めの電話をしなければと帰宅を急いだ。その途中に携帯電話が鳴り、車庫に戻ってきたバスに財布があったという。車庫まではずいぶん遠かったが、安堵と情けなさで半ば泣きながら道中を歩いた。無事に戻ってきた財布を前に「これは滂のおかげだ」と確心した。なぜなら、私のそれまでの人生で、なにかを失くすと戻ってきたことは一度もなかったからだ。

勤めていた時、人から集金して相手に払う多額のお金が入った財布を落としたことがある。もちろん出てこなかった。他にも、割に大事なものを紛失したり落としたりして、いずれも戻ってきたことはない。だから今回も「もう駄目だ」とあきらめの気持ちが優先していて、「これからどうしよう」とうろたえるばかりだった。

ようやく車庫に辿り着いて無事財布を受け取っての帰路、財布を握りしめて「滂ちゃんありがとう」と呟いた。

最近では、振込詐欺の被害者になる寸前で助けられた。健康保険に関する高額医療費の払い戻しがあるという電話にまんまと引っかかってしまったのだ。言われるままに銀行に出かけてATMの前に立った時、銀行員が出てきて「これは詐欺だ」と止めてくれたのだ。閉店後だったが、ATMの傍に警備員がいて私の態度に不信を抱いたらしい。詐欺にあっても仕方がないような私なのに、なけなしのお金を取られないで済んだのには、滂が手を差し伸べてくれたことのもあるのだろう。彼の底なしの優しさに、私は感謝するしかなかった。

コロナ禍により、教会ではミサがなくなり、最大の祝日であるイースターのミサも中止になった。その当日、なぜかはわからないが、私はどうしても聖堂で祈りたくなって教会に出かけた。聖堂には数人のシスターや信者が間隔をあけて座って祈りを捧げていた。私もそっと座ってしばらく神との対話に集中し、祈りを捧げた。

イースターでは、会う人ごとに「おめでとうございます」とキリストの復活を喜び合う。せめて事務局の人と祝いの言葉を交わしたいと思い、立ち寄ってみた。すると、ちょうど神父様が居合わせていて、「ご聖体を授けましょう」と思いがけない言葉がかえってきたのだ。久々の聖体拝領に感涙し、バス停まで歩きながら、「今日は滂ちゃんが導いてくれたのね。ありがとう」と呟いた。

もう一つ、杖をつきながらでも頻繁に外出するようになった私だが、不思議なことに一度も急な雨に降られたことがない。仕事をしていたころは突然の雨に会い、店に飛び込んで雨宿りすることがちょくちょくあった。ところが一人になってから、突然空模様が怪しくなってきて暗くなり今にも大粒の雨が落ちてきそうな時でも、まるで私が玄関に入るのを待っていたかのようにそこから驟雨になる。こんなことが重なると、やはり滂のおかげかと思ってしまう。そのたびに「ありがとう」と遺影に礼を言う。同時に「こんな私は放っておけばいいのに」と悪びれる。

毎朝の祈りでは「神の子の滂ちゃんにホントにひどいことをしてしまってゴメンね」と繰り返し謝るが「赦して」の言葉は口が裂けても言えない。それはあまりにも厚かましい。ただただ詫びて謝り続ける。なのに、滂は「限りなく優しくすべてを赦す」存在なのだ。それで私は、いっそう惨めになる。

昔、母はしばしば私の不熱心な信仰姿勢をみて「信者だなんて大っぴらに言うんじゃない」と諌めていた。私は、「そのとおり、どうしようもない娘だね」とあっさり認めていた。今見渡せば、私の周囲には熱心で敬虔な信者の知人が沢山いる。その人たちと接するたびに母の言葉がよぎる。

いままで、素知らぬ顔で敬虔な信者と同じ仲間のように振舞ってきた。しかし今回、本書の執筆という懺悔をきっかけに、以前の席はそこにはないだろうと覚悟もする。覚悟してやはり惨めになる。

惨めな気持ちになるたびに、三人を殺めた七〇代の主婦に思いがいく。今、彼女はどんなことを考えているのだろうと知りたくなる。彼女も私同様自ら手を下したことに後悔と苦しみと辛さを抱いているのではないだろうかと。

社会には、様々な障害や病によって、人の手を借りて懸命に生きている人々が多くいる。その「人の手」は崇高なボランティア精神と篤い思いやりに満ち満ちている。これこそが神が人間を創造した目的だと私は考えている。

そして、私もそういう精神のもとに「在宅介護」を受け持ったはずだったのだ。当初、私と滂の世界はまさに桃源郷そのものだった。なのになぜ、私は神の意向を裏切ったのだろうか。私もアダムとイブ同様に神の楽園から追放され、信仰の世界からも拒絶されるのだろうか。「虐待」は重罪に値する。それを何度も繰り返した事実は、神といえども、もう救いようがないはずだ。

此の世とあの世

久々に子規が浮かんできた。関川夏央とドナルド・キーン、二冊の子規像を読んで、彼はどちらかというと利己主義だったと私は考えている。そして「思いやり」というものはあまり持っていなかったとも想像する。

そんな冷徹ともいえる子規の看護に徹した律は、子規の死後、細菌恐怖症ともいうべき潔癖症になったことは前述した。子規の身体は結核菌の巣屈ともいえるから、律の強迫観念は一通りではなかったのだろう。親類が子規の自筆の手紙を焼いて捨てたというのも大げさではなかったのだ。当時の結核は「死病」とも言われていたのだ。

律の労苦を想像する中で、大量の洗濯仕事は殺菌のためにも毎日欠かせないものだと改めて思う。子規は、病が進んでからは沐浴も叶わず、月に一度か二度ほどアルコールで清拭をするしかなかったそうだ。足は、アルコールでは汚れが落とし切れず脚湯をしたとある。きっとお風呂に入りたかっただろうと、毎日の入浴を堪能していた滂を思うと気の毒にも思う。

今頃二人は、お互いの縁続きを知って顔を合わせているのだろうか。子規三五歳、滂は七二歳。どちらが大伯父さんなのだろう。なにを語り合っているのだろうか、笑顔はあるのだろうか。

空に心を向けると穏やかで微笑ましい空想がとめどなく湧いてくる。こんな瞬間が今の私の救いだ。

あの世では、ほかにも数多の縁続きの者たちが憩い合っている姿も浮かんでくる。父母も長兄も次兄も皆安らぎの里にいるのだろう。しかし、私がそこに行くことは永遠にない。遙か地の底から、彼らを仰ぎ見上げるのだろう。早くその底へ落ちていくべきなのにと気持ちが焦ることもある。

滂ちゃん、ほんとにゴメンね。辛かったね。痛かったね。怖かったね。この世にいる限り謝っても謝り切れないけれど、謝り続けている絢を見ていてね。

父にも母にも兄たちにも、非道な妹に我が家の宝物を託さなければならなかった無念さを心に刻み謝ります。謝り続けます。

ここまで書いてきて、改めて自分に問いかけている。あんなに愛していたのに、あんなに好きで好きでたまらなかったのに、あんなにも私の心の拠り所だったのに、どうして私は虐待を繰り返したのだろう。人間がこのように豹変するメカニズムはどうなっているのだろう。痛恨で思考も止まってしまう。

それなのに一層いたたまれなくなるのは、当の滂が「すべてを赦す」とでもいうように、独りになった私にずっと付き添って守ってくれている事実だ。

滂が眠った二〇一二年七月から八年経った二〇二〇年は、世界中が新型コロナウィルスに襲われて、前代未聞の状態になってしまった。これまでもSARSやエボラ出血熱などの騒動があったが、ほどなく収束した。しかし今回のコロナウィルスにはまだワクチンも特効薬もない。加えてこのウィルスの感染力は想像を超えている。対策は「人と接触しない」を徹底することだ。つまり「活動を自粛することとマスクの着用」だ。世界は一時期断絶状態になった。それによって交通機関も最少限度の運用となり、経済は底なしに冷え込んでいる。年中行事は軒並み中止になり、それぞれ自国での感染者増加を食い止めることに心血を注がねばならない状況だ。

しかしそのことによって、私に今何をすべきかを考える時間がたっぷり与えられた。そこで覚悟を決めてはじめたのがこの告白である。原稿用紙を目の前においても手が動かない日々が続いて、あれこれ雑用に専念して逃げたりもした。

ある日、私はこのコロナ禍は神の怒りではないかという考えに至った。その時、自分自身もその怒りの対象なのだと気付かされた。神の怒りは世界のリーダーたちをはじめとして、人間のあまりにも傍若無人な振る舞いに、ついに旧約聖書以来の災害をもたらしたのだと確信したのだ。

今、世界をリードする大国の指導者たちは「世界の平和」よりも「自国の繁栄」にのみ固執している。そのために「世界の融和」が影を潜めてしまい、互いに非難の応酬が過熱するばかりで、状況はどんどん悪くなる一方だ。

数年前、ベトナム人の神父が「旧約聖書には人間のしでかしたあらゆる悪いことが描かれている」と話してくれたことがる。神父は、「それは二千年以上たった今でも、同じことが繰り返されている」と続けた。

ボートピープルだったこの神父は、語り草になるほどの努力を重ねて司祭になった。私は彼の指摘に「その通りだ」と強く思った。そんなことから、毎朝の祈りでは湧への詫びと共に「世界中のリーダーたちが協力して平和な世界を創る心を持つようにお力を授けてください」と祈り続けている。コロナ禍を幸いなものに転嫁させるには、全世界の人々とともに、平和な世界を目指すことしかないのだと叫びたい。

毎年春になれば、花々の開花と共にスポーツ、ライブ、音楽会、美術・芸術、旅行等々人が一番心弾ませる季節到来を謳歌するのに、二〇二〇年はその全てが止まってしまった。私もこのまま、どこへともなく消えてしまいたいと願う毎日だ。

書き上げてみていっそう、その思いが大きくなってきた。もう一度、「湧ちゃんゴメンね」と声をかけている。

エピローグ

コロナ禍でたっぷりの時間を与えられて、「もう意を決して書くしかない」と遂にペンを執った。書きはじめると胸が苦しくなることもあり、涙が出てきて手が止まってしまうこともあった。

そんなときには、この本を書くきっかけとなった子規と律の記録に目を通し、ひととき自分のことを脇に置いて、彼らの姿を追った。読んでいるうちに子規と私の性格はよく似ていると感じた。子規は若い頃から明朗闊達だったが、同時に感情の起伏も激しくて、周囲の人々を振り回すこともしばしばだった。病が進んで身動きができなくなってからはもっぱら言葉で相手を攻撃し、その相手が妹の律だったのだ。

私も人騒がせな性格で、何かと思い通りにしたいという強引さに満ちている。無抵抗な滂に対してさえ、それが暴力という形で表われてしまったのだ。

今も、「なぜ？　なぜ？　なぜ？」が怒涛のように押し寄せてくる。「これが私の実像なのだ」と自らに烙印を押した。この真の姿の私を知れば、多くの友人・知人・親類からは見放されるだろうと覚悟している。それでも、これだけは「懺悔」しなければならないと我が身を追い詰めた。結果、私はカフカの虫の如く、忌み嫌われる存在となって亡びるのだろう。それでいい。

それにしても人間とはなんなのだろう。今回この原稿を書き上げて、はたと気がついたことがある。それは、私は物心がついて以来自分自身を愛したことがまったくなかった、ということだ。この身に愛を持てない人間が心底心を砕いて、人の世話をすることなどできるはずがなかったのだ。「好きだ。愛している」という錯覚で、滂と二五年を過ごしてきたのだ。滂にとってこれ以上の苛酷な運命はなかったのだ。

「ゴメンねゴメンね」と謝り続けて八年になる。なのに私にはどうしても「滂ちゃん赦してね」の言葉は出てこないのだ。

祈りの中に「主よ、われは不肖にして、主を我が家に迎え奉るに堪えず、ただ一言宣わば、わが心癒えん」という一節がある。

毎朝毎夕、私は厚かましくもひたすら主の「赦す」の声を求め続けているのだ。そこにしか救いはないからだ。

本文でも触れた、夫とその両親の三人を殺めた七〇代の主婦に、懲役十八年の刑が下された。再び自由になるときには、彼女は九〇歳だ。遠くからだが可能な限り彼女に寄り添って彼女のためにも祈り続けようと思う。私にできることはそれだけだ。

二〇二一年一月

［参考文献］

関川夏央『子規、最後の八年』（講談社）

ドナルド・キーン『正岡子規』角地幸男訳（新潮社）

坪内稔典『正岡子規・創造の共同性』リブロポート

大岡信選『子規の俳句』増進会出版社

天野祐吉・編　南伸坊・絵『笑う子規』筑摩書房

朝比奈隆『我が回想』徳間文庫

著者略歴

藤野 絢（ふじの あや）

1942年兵庫県芦屋市生まれ。

第2次世界大戦の空襲により岐阜県各務原市に逃れる。その後、名古屋市に移り、愛知県立旭丘高校を卒業。1965年から2年間ロンドンに在住。帰国後、モントゴメリーウォードに入社。マーケットプレゼンタティヴとしてギフトウェア、ディナーウェア、アパレル関係を担当する。83年に同社を退社し、株式会社三栄コーポレーションに入社。85年に株式会社クイジナートサンエイを企画設立。マーケティングマネージャーとして米国製高級フードプロセッサーの国内販売とソフトウェアの開発を担当する。87年に同社を退社し、重度身体障害者である兄の介護生活に入り、2012年にその兄を見送る。東京都小金井市在住。正岡子規は大伯父にあたる。

著書に、『在宅介護の25年』（あっぷる出版社）、『遺言 介護食メニューと介護のマニュアル』（近代文藝社）、『各国の医療事情覗き見』（文芸社）、『生かすも殺すも』（主婦の友社）などがある。

在宅介護　止められなかった虐待

2021年3月10日　初版第1刷発行

著　者　藤野　絢
発行者　渡辺弘一郎
発行所　株式会社あっぷる出版社
〒101-0064 東京都千代田区神田猿楽町2-5-2
TEL 03-3294-3780　FAX 03-3294-3784
http://applepublishing.co.jp/
装　幀　三枝優子
組　版　Katzen House　西田久美
印　刷　モリモト印刷